LA MORT

DE

MICHEL LE PELLETIER;

TRAGÉDIE.

LA MORT

DE

MICHEL LE PELLETIER;

TRAGÉDIE.

———

LA MORT

DE

MICHEL LE PELLETIER,

TRAGÉDIE.

LA MORT

DE

MICHEL LE PELLETIER,

TRAGÉDIE

EN TROIS ACTES,

ET EN VERS.

A PARIS,

Chez tous les marchands de nouveautés;

An V de la république.

PERSONNAGES.

MICHEL LEPELLETIER, }
FABRE de l'Hérault, } Députés à la convention na-
            tionale.

HENRIETTE, sœur de LE PELLETIER,

JOSEPHINE, sa fille,

ARISTE, parent et ami de LE PELLETIER,

PARIS, }
LAFFOND, } ci-devant Gardes-du-corps.

Citoyens,

Citoyennes.

La scène est à Paris.

AVANT-PROPOS.

Quoi! au milieu de ces écrits multipliés qui appellent le renversement des institutions consacrées par le peuple Français, vous osez lancer une production républicaine! Oui, je l'ose, républicains; mais ce n'est pas ce qui doit causer votre étonnement.

Avez-vous mesuré l'importance du sujet de l'ouvrage dramatique qui vous est offert? Sentez-vous de quel intérêt il est susceptible?.. Melpomène ne puisa jamais, peut-être, dans un fond aussi riche, aussi brillant.

Et c'est moi, foible nourrisson de la muse tragique, qui me charge de le mettre en œuvre! C'est moi qui prens audacieusement la lyre pour célébrer les martyrs de la liberté! Voilà ce qui doit vous étonner. Votre juste surprise doit être accompagnée de la crainte de me voir succomber dans une si vaste entreprise.

Je me suis jugé d'avance; je sais que je resterai à une distance incommensurable de de mon sujet.

Mais j'aurai jetté en avant une étincelle électrique; les cœurs s'échaufferont, l'émulation viendra embraser de généreux rivaux;

et ma foible esquisse , cette esquisse dont s'indigneroient les mânes des deux républicains dont je célèbre la mémoire , si elle n'étoit pas tracée par une plume républicaine , cette esquisse servira de fanal pour éclairer une carrière nouvelle , et les héros qui ont fondé la liberté entendront alors des chants dignes d'eux.

C'est à vous , républicains , qu'il appartient de réaliser cette espérance : encouragez les muses qui osent se nourrir des grandes pensées, qui firent la révolution : vengez-les des détracteurs qui s'armeront contr'eux des traits amers de la censure , et bientôt les pirates qui couvrent la mer littéraire ne se montreront plus.

LA MORT

DE

MICHEL LE PELLETIER,

TRAGÉDIE.

ACTE PREMIER.

SCÉNE PREMIÈRE.

LEPELLETIER, FABRE de l'Hérault.

FABRE.

Oui, Français, il est tems que le crime succombe ;
Le trône doit enfin s'écrouler dans la tombe.
Le perfide Louis a, par trop de forfaits,
Mérité le courroux, la haine des Français :
C'en est fait, il ne peut échapper au supplice ;
Le peuple a reclamé cet acte de justice ;
Et la majorité d'un Sénat vertueux,
En ordonnant sa mort, va combler tous les vœux.

LE PELLETIER.

Instrument criminel d'une Cour avilie,
Qui ne compta pour rien le peuple et la patrie,
Méprisable tyran, qui, par de vains discours,
Caressa le parjure, et nous trompa toujours,
De la ligue des Rois, et d'une guerre impie
Qui resserre les fers de l'Europe asservie,
Instigateur féroce, artisan forcené,
Ah ! d'avance, Louis me semble condamné.
Il fit couler le sang des fils de la patrie,
Ce n'est que par le sien que ce crime s'expie.
Circonscrit dans ses droits, à son orgueil jaloux
Le barbare jura de nous immoler tous;
Du peuple il offensa la majesté suprême :
La mort seule répond à cet outrage extrême.

FABRE.

Il est vrai. Cependant, soit fausse humanité,
Soit crainte, soit erreur, soit immoralité,
Il compte parmi nous des complices perfides,
De ses droits prétendus, défenseurs intrépides.

LE PELLETIER.

Quels sont ses défenseurs ? Des esclaves tremblans,
Qui pensent voir encor des dieux dans des tyrans :
Abusant d'un système absurde, intolérable,
Ils l'ont fait, ils le font encore inviolable !
Qui stipula pour lui ? Seroit-ce la raison ?

Oui

Oui : celle du plus fort, ou celle de *Néron*.
Auraient-ils l'impudeur d'invoquer, pour suffrage,
De la possession le scandale et l'outrage ?
C'est un crime de plus dont il faut l'accuser.
Le nombre des forfaits peut-il les excuser ?
Non : le peuple n'est plus cette masse stupide,
S'agitant, s'appaisant au gré d'un Roi perfide ;
Il ne s'est pas levé pour encenser les Rois,
Mais pour les renverser, par le secours des lois ;
Mais pour faire oublier sa longue patience,
Vingt siècles de malheur, de crime et d'ignorance.
Viendraient-ils alléguer la constitution ?
Fille de l'infamie et de la trahison,
A des conspirateurs elle a dû sa naissance ;
La justice du peuple en tirera vengeance.
Mais le peuple, après tout, a-t-il pu consentir,
Souverain, libre, à voir ses fers s'appésantir ?
A-t-il pu confier sa fortune, sa vie,
Aux soins plus que suspects d'une main ennemie ?
A-t-il dit aux tyrans : "Deviens mon assassin ;
„ A tes pieds prosterné, je bénis mon destin ? „
Quel avilissement ! et quelle atroce injure
Aux droits d'un peuple libre, à ceux de la nature !
D'un fantôme royal lâches adorateurs,
Hâtez-vous d'abjurer vos coupables erreurs :
Le peuple vous entend, et pèse vos paroles ;
Il sait apprécier des sophismes frivoles ;
Et si vous n'avez pas de meilleur argument,
Confessez votre honte, ou votre aveuglement.

FABRE.

Peuple trop confiant ! parmi tes mandataires,
Distingue, reconnais tes plus grands adversaires !
Ce sont ces orateurs, d'autant plus dangereux,
Qu'ils paraissent aux tiens subordonner leurs vœux ;
Ces esprits inquiets, dont la tourbe éperdue
Est tremblante à l'aspect du poids de ta massue.
S'ils invoquent tes droits, c'est pour les violer :
Ils veulent ton suffrage, et c'est pour t'immoler.
N'as-tu pas, dans nos mains, mis ton pouvoir suprême ?
Et de toi, n'est-ce pas appeler à toi-même,
Que de vouloir d'abord porter un jugement,
Et le soumettre ensuite à ton assentiment ?
Quel insigne détour ! Crains qu'il ne t'en impose :
Ils servent le tyran et trahissent ta cause.
Commençons par tarir la source de nos maux ;
Accoutumons, dressons les Rois aux échafauds ;
Fondons la République, et sauvons la patrie :
Tu jugeras après qui l'aura mieux servie ;
Tu nous assigneras le rang qui nous est dû,
Tu diras, à tes vœux, qui mieux a répondu.
Qui peut ainsi créer et nourrir des chimères,
Ment à sa conscience, à ses propres lumières.
O Français ! que veux-tu ? Sans doute le bonheur ?
Tu l'auras, je le jure, aussi pur que ton cœur.
Tu veux la liberté, tu l'auras sans partage,
Et la mort de Louis en est le premier gage.

LE PELLÉTIER.

Dans ce coup éclatant, je crois voir, comme toi,

Et le vœu des Français, et celui de la loi.
Tous les cœurs chancelans puissent-ils nous entendre!
De la séduction puissent-ils se défendre,
Et repousser loin d'eux ces captieux discours,
Cent fois pulvérisés et reproduits toujours!
C'est à nous de guider leur démarche incertaine,
De fixer dans leurs cœurs la foi républicaine,
Et de leur inspirer ce profond sentiment
Dont l'austère vertu tient tout son ascendant.

FABRE.

Infamie et malheur au Français infidèle
Qui n'embrasserait pas une cause si belle! . . .
Mais vers nous qui s'avance à pas précipités?

LE PELLETIER.

C'est Ariste.

SCÈNE II.
LES PRÉCÉDENS, ARISTE.

ARISTE.

Du crime, ennemis redoutés,
Au moment du combat, armez-vous de courage;
Du sein des factions voyez naître l'orage;
Voyez-le se grossir des intérêts divers,
Tour-à-tour protégés par des hommes pervers;
Voyez la malveillance accumulant ses armes
S'agiter en tous sens et semer mille alarmes.
Ici des harangueurs, de qui l'or des Anglais

A créé les talens et payé les forfaits,
De groupes ameutés armant la défiance,
Séduisent la franchise et l'inexpérience ;
Là , des traîtres cachés sous des dehors trompeurs ,
Sinistres prédicans , présagent des malheurs ;
D'autres , d'un ton perfide , aiguisant l'épigramme,
A la cause des Rois prêtent leur voix infâme ;
Par-tout la République est en butte aux censeurs ;
Les poignards sont levés contre ses défenseurs.
Le cœur du royaliste ouvert à l'esperance ,
Cessant d'être hypocrite , affiche l'insolence ;
Sa brutale fureur ne se consume plus,
Dans l'ombre du secret , en regrets superflus :
Du timide murmure à la bruyante audace,
Il franchit l'intervalle , et sa bouche menace
Celui qui , prononçant un vœu libre et légal ,
De la mort du tyran donnera le signal.

F A B R E.

Nous le donnerons tous..... Pourrais-je reconnaître
Pour un Représentant , celui qui veut un maître ?
Nous le donnerons tous , ce signal fortuné
Qui va faire pâlir le Despote étonné !
Les poignards sont levés ! Qu'importe notre vie,
Si de celle des Rois notre mort est suivie !
Que leurs vils défenseurs préparent des cyprès :
Pour la mort des tyrans nos suffrages sont prêts.

L E P E L L E T I E R.

Ils connaissent bien peu la trempe de nos ames,

Ceux qu'on voit employer ces mesures infâmes !
Qui, plein de son devoir, attache quelque prix,
A l'honneur de briser les fers de son pays,
Peut-il, d'un sentiment aussi bas que la crainte,
Recevoir dans son cœur la plus légère atteinte ?
Quand, pour exterminer ses lâches oppresseurs,
Le peuple, de son glaive, arma nos bras vengeurs,
Il condamna Louis et le jugea lui-même :
Nous ne trahirons pas sa volonté suprême.
Nous avons, entourés d'ennemis, d'étrangers,
De notre mission connu tous les dangers,
Et nous affronterons, au milieu des tempêtes,
Le fer des assassins, suspendu sur nos têtes.
Liberté ! liberté ! mon sang n'est plus à moi ;
Je t'en offre l'hommage, il est digne de toi.
Frappez, cruels ! frappez ! Mourir pour la patrie,
C'est le sort le plus beau, le plus digne d'envie !

FABRE.

Mon ame se nourrit du même sentiment ;
En moi la liberté voit aussi son amant.
Ariste, tu le sais, quand le tyran perfide,
Des forfaits les plus noirs se faisant un egide,
De l'éclat imposant qu'un trône peut donner,
Au milieu de sa Cour, savoit s'environner,
De mon zèle brûlant l'intrépide constance,
Sans relâche attaqua l'abus de sa puissance,
Et j'osai réclamer les droits du souverain,
Sans redouter jamais un péril trop certain.

Aujourd'hui que je suis, peuple, ton interprête,
Du colosse odieux quand la chûte s'apprête,
Lorsque du dernier coup il va se voir frapper,
Peuple, dans ton espoir, je pourrois te tromper!
Non, non; des factions nous détruirons l'ouvrage;
Des amis du tyran nous braverons la rage;
Et pour prix mérité d'un frêle et vain appui,
Nous les condamnerons au néant avec lui.

ARISTE.

Ces mâles sentimens sont loin de me surprendre :
De deux républicains devois-je moins attendre ?
Je sais que le péril dont s'étonne un tyran,
Est, pour le vrai courage, un nouvel aliment.
Mais, aux méchans, pourquoi présenter des victimes,
Et ne pas, s'il se peut, leur épargner des crimes?
A des précautions, à des soins, sans rougir,
L'homme libre et prudent ne peut-il consentir?
Si le peuple égaré. . . . .

LE PELLETIER.

Tu lui fais une injure.
Du peuple, ô mon ami! la masse toujours pure,
De ses efforts puissans nous environnera;
Il connoît les pervers, il les écrasera.
Pour nous . . . . .

ARISTE.

Craignez du moins qu'une main téméraire
Ne poursuive dans l'ombre une vie aussi chère !

LE PELLETIER.

Au devant des poignards on nous verra voler.

FABRE.

Amis, vengeurs du peuple, est-ce à nous de trembler?
Ah ! de ces noms sacrés soyons dignes encore ;
Remplissons un mandat dont la vertu s'honore.
Tes avis, cependant, ne seront pas sans fruit.
Par ses amis le peuple a besoin d'être instruit ;
Dans les rassemblemens Fabre va reparaître :
S'il est des factieux, il va les reconnoître ;
Et rompant, des complots, les funestes liens,
Rendre à la liberté sa force et ses moyens.

LE PELLETIER.

Je te suivrai bientôt ; et secondant ton zéle,
Je pourrai te prêter une force nouvelle.

Fabre sort.

SCENE III.

LE PELLETIER, ARISTE.

ARISTE.

D'un excès de frayeur ne vas pas m'accuser ;
Près de toi ce billet va bientôt m'excuser.
Il est tracé des mains de la scélératesse :
Lis ce funeste écrit, c'est à toi qu'il s'adresse.

LE PELLETIER.

Il lit.

" Si tu votes la mort du Roi,
Tremble toi-même pour ta vie :

„ Guidé par ma juste furie,

„ Un poignard me répond de toi. „

Serait-ce mon arrêt qu'ici je viens de lire?

Me font-ils en effet l'honneur de me proscrire?

Jusques-là pourraient-ils me distinguer?.... Eh! bien,

Mon sacrifice est prêt, et ne me coûte rien.

Barbares assassins! enfans des Euménides!

Venez m'environner de poignards homicides!

Vous m'annoncez la mort, je vais la mériter!

De mon vœu, st Louis, avez-vous pu douter?

S'il ne faut que ma voix pour qu'il marche au supplice,

Tout percé de vos coups, je crierai : qu'il périsse!

Je mourrai, mais le peuple, enfin, sera vengé.

D'un Roi le sol français ne sera plus chargé.

Il obtient la faveur d'une bien longue vie,

Celui qui vit une heure après la tyrannie!

ARISTE.

De la Convention les doutes prolongés,

Parmi ses orateurs, des débats engagés,

Peuvent, à ce complot, avoir donné naissance.

En faveur du tyran, pour pencher la balance,

Ils ont, dans leurs calculs, toujours plus scélérats,

Compté le poids du crime et des assassinats.

Tandis que tu te dois entier à la patrie,

Ton parent, ton ami doit veiller sur ta vie.

Je vais, des malveillans, éclairer les projets,

Avant qu'ils soient commis, dévoiler leurs forfaits.

Puisse tomber d'un Roi la tête criminelle,

Sans que nous déplorions une perte cruelle!
Aux palmes, n'ayons pas à mêler des cyprès.

LE PELLETIER.

Un triomphe si doux éteint tous les regrets,
Et la seule patrie alors se fait entendre.

ARISTE.

J'écoute la nature, et je cours te défendre.

SCENE IV.

LE PELLETIER, seul.

Mon premier sentiment s'adresse à mon pays ;
Après lui la nature, à mes yeux, a son prix ;
Ce n'est pas sans douceur qu'on songe à sa famille.
Aujourd'hui je n'ai vu ni ma sœur, ni ma fille,
Et ce besoin, pour moi toujours impérieux,
N'a jamais excité plus ardemment mes vœux.....
Mais je les apperçois, et mon cœur les devance.

SCENE V.

LE PELLETIER, HENRIETTE, JOSEPHINE.

LE PELLETIER.

Vous étiez les objets de mon impatience ;
Le plaisir de vous voir . . . .

HENRIETTE.

Nous allons le troubler ;
Mais mon cœur, avec toi, peut-il dissimuler ?

C

L'effroi s'est emparé de notre ame timide,
Et nous cherchons l'appui de ton ame intrépide.
Sur le tombeau des Rois , quand vous allez asseoir
Les droits sacrés du peuple et son juste pouvoir,
Au moment où Louis va , par ses destinées,
Effrayer à jamais les têtes couronnées ,
Ses odieux amis, au milieu des rumeurs ,
Osent se proclamer hautement ses vengeurs ;
Des juges de Louis ils menacent la vie.

LE PELLETIER.

Je le sais ; je connais jusqu'où va leur furie.
L'homme libre sourit à ce nouveau danger,
Et le républicain ne doit pas y songer :
Il ne voit, ne peut voir que ceux de la patrie.

JOSÉPHINE.

Mon père, nous aimons en toi cette énergie ;
Nous venons recueillir des secours près de toi :
Tu parles , et je sens se calmer mon effroi ;
Tes sublimes leçons viennent dans ma mémoire,
Graver , de plus en plus, la patrie et sa gloire ;
Mais je songe aussitôt que je te dois le jour,
Et la nature vient s'y placer à son tour.

LE PELLETIER.

Ma fille , heureux celui qui , dans son cœur allie,
Les droits de la nature à ceux de la patrie !

HENRIETTE.

Juste ciel !.... je frémis !.... Entends-tu ces clameurs?

LE PELLETIER.

Le peuple appaisera ces orages grondeurs.
Qu'auraient-ils d'alarmant pour ta vive tendresse ?
Ils portent dans leur sein la foudre vengeresse
Dont le dernier tyran sera bientôt frappé :
L'espoir du vrai français ne sera pas trompé.

HENRIETTE.

Je ne puis le céler ; ma triste prévoyance,
D'un ennemi secret redoute la vengeance.

JOSÉPHINE, *à Henriette.*

Mon père me rassure, et tu troubles mon cœur.

HENRIETTE.

C'est pour toi que le mien se remplit de terreur.
Dieu ! si des traits partis d'une main assassine,
O malheureux enfant ! te laissaient orpheline !

JOSÉPHINE.

O ciel ! . . . . .

LE PELLETIER.

     De cet objet détourne tes regards.
Je crains peu l'avenir, et brave les poignards ;
Mais si le sort ainsi terminait ma carrière,
Si ma fille, en ses bras, ne pressait plus son père,
La république est juste, elle l'adoptera,
Et du nom de sa fille elle la dotera.
Dans tous les cœurs français je te laisse un asyle ;
Ce penser, au tombeau, me conduira tranquille,

Laissez-vous pénétrer de ces doux sentimens ;
C'est par eux que l'on doit embélir ses momens….…
C'est assez….. La patrie à mon poste m'appelle :
Je vais voir s'écrouler un trône qui chancelle.
Tandis que, pour toujours, brisant enfin nos fers,
Nous allons assurer le sort de l'Univers,
Est-ce à vous de connaître une sombre tristesse ?
Que sur vos fronts sereins le calme reparaisse.

JOSÉPHINE.

Ce n'est qu'auprès de toi que mon cœur est calmé.

HENRIETTE.

Qu'il se souvienne au moins combien il est aimé !

Fin de l'Acte premier.

ACTE II.

SCÈNE PREMIÈRE.

PARIS, LAFFOND.

PARIS.

TÉMOIN du doux espoir dont le peuple s'énivre,
O Laffond ! conçois-tu la rage où je me livre ?
Et pour comble d'affronts et de calamité,
Notre dernier complot sera déconcerté.

LAFFOND.

Il est vrai, nos discours, nos lettres menaçantes,
Sont, jusqu'à ce moment, des armes impuissantes.

PARIS.

Si nous eussions du moins obtenu que Louis
Traînât, dans les prisons, des jours ensevelis,
L'espérance pourrait à chaque instant renaître,
Et les Français déçus, compter encore un maître.
Il eût été sans cesse un point de ralliement
Pour ceux qui le servaient, et pour les mécontens ;
Et les débris épars des factions brisées,
Qu'un intérêt divers n'aurait plus divisées,
Dans un centre commun venant se réunir,
La république est née elle pouvoit périr.

Mais la mort de Louis est un coup politique,
Qui semble, pour jamais, fonder la république.
La république ! O ciel ! ce nom rempli d'horreur,
Ce nom seul, dans mon sein, fait entrer la fureur.
Au trône seul tenait toute notre existence ;
Il répandait sur nous l'éclat et l'opulence ;
Enfans chéris des Dieux, que nous savions flatter,
La faveur, jusqu'à nous, venait se présenter ;
Et sous un chef royal, courbés en apparence,
Nous foulions à nos pieds le reste de la France.
Tout est changé pour nous ; de nos rangs descendus,
Nous sommes, dans la foule, avilis, confondus ;
Tout français est pour nous un rival à combattre ;
Tout contre nous conspire et sert à nous abattre.
La honte, la douleur siègent sur notre front :
Pouvons-nous faire un pas sans trouver un affront ?
Le néant nous entoure ; et réduit à moi-même,
Je suis épouvanté de ma faiblesse extrême.
Quel succès en effet pouvons-nous espérer ?
A quel poste, quel rang pourrions-nous aspirer,
Si le mérite seul en présente le titre,
Et si des concurrens la justice est l'arbitre ?
Nous savions tout, hélas ! sans avoir rien appris ;
De notre nudité nous voilà tous surpris.
Le talent, la vertu, voilà la seule échelle
Qui mène à la faveur, l'estime universelle :
Et ce peuple, ce *tiers* par nous si méprisé,
Sous le poids de l'orgueil si long-tems écrasé,
Ennemi de tout art, enfant de la nature,

Réunit aux talens la vertu la plus pure.
Si par fois dans sa fougue au crime il s'est livré,
C'est quand, de ses fureurs et fauteurs, et complices,
Nous avons eu besoin de lui prêter nos vices.
Avec nous violent, sans nous humain et doux,
Il fait le bien lui-même, et le mal avec nous :
Soumis à la raison, vertueux par essence,
C'est d'après nos excès qu'il connaît la licence.
Quel espace lointain nous sépare de lui !
Il est tout par lui-même, et nous, rien sans appui.
C'est à la liberté qu'il doit son énergie ;
Il est guidé, conduit par son puissant génie.
Que nous sommes petits devant le plébéien !
Fier de sa dignité, du rang de citoyen,
Son ame s'aggrandit au nom de la patrie ;
La nôtre est comprimée, et tout nous humilie.....
C'en est trop !...... quelle chûte, et quel abaissement!
Cher ami, conçois-tu l'excès de mon tourment ?

LAFFOND.

A quoi sert l'appareil d'un désespoir funeste,
Quand un autre moyen, la vengeance, nous reste ?
Oui, la vengeance ; elle est digne de tous nos vœux.
Quand on peut se venger, est-on si malheureux !
Cessons de nous livrer à d'impuissans murmures ;
Quand on sonde son mal, on sent mieux ses blessures.
Si du sang de Louis ces lieux sont arrosés,
Ses mânes, par le sang, doivent être appaisés.

Cédons aux mouvemens d'une juste furie,
Et déposons après le fardeau de la vie !

PARIS.

Dans tes nobles transports je veux te devancer ;
Je demande, entre nous, l'honneur de commencer.
Je le sens, tout m'entraîne à la vengeance, au crime ;
Je suis prêt, et déjà j'ai choisi ma victime.
Tu parais étonné..... conspirant avec moi,
Je ne me tairai pas plus long-tems avec toi.
Écoute : ce cœur fier, violent, indocile,
Jamais du sentiment n'avait été l'asyle ;
Je laissais la tendresse à ces efféminés,
Que la beauté maîtrise et retient enchaînés ;
Je ne connaissais pas le funeste délire
Qui tourmente le cœur d'un homme qui soupire ;
La seule ambition concentrait mes desirs ;
Je lui sacrifiais tout, jusqu'à mes plaisirs.
Sur une femme, hélas ! j'osai porter la vue ;
Sans livrer de combat ma fierté fut vaincue ;
J'aimai, j'osai le dire ; et le plus fier mépris,
De l'amour le plus vrai fut constamment le prix.
Je dus cette infortune aux cruels soins d'un frère ;
C'est en me desservant qu'il la rendit sévère ;
Depuis ce jour affreux il est mon ennemi,
Et ce cœur emporté ne hait pas à demi.
Ma haine, cependant, déjà si légitime,
En vengeant mon affront, poursuit un autre crime.

des

Des amis du Monarque, ardent persécuteur,
Du républicanisme ardent provocateur,
Amant passionné, du parti populaire,
C'est de notre parti l'inflexible adversaire.
Reconais à ces traits Michel le Pelletier.

LAFFOND.

Et c'est lui qu'à nos droits tu vas sacrifier?

PARIS.

Oui, c'est sur lui que va retomber ma furie.
C'en est fait; tout l'ordonne, et tout me justifie.
Les remords sont muets. Mon bras aura vengé
Un affreux régicide et l'amour outragé....
Mais que vois-je?... sa sœur!...

LAFFOND.

Qu'elle est belle et touchante!

PARIS.

O surprise! ô douleur! Ma rage s'en augmente.

SCÈNE II.

LES PRÉCÉDENS, HENRIETTE.

HENRIETTE, (à part.)

Dieu! Pâris!... avançons.... Que ma timidité,
S'immole en ce moment à la néceffité....
(haut.)
Autrefois, à Pâris, Henriette fut chère;
Henriette aujourd'hui vous est-elle étrangère?

D

Et ne puis-je espérer que la pitié du moins,
D'un sentiment plus vif remplacera les soins ?

    Sans doute ce discours a de quoi vous surprendre ;
Sur Pâris, en effet, quels droits puis-je prétendre ?
Mais quand je vois mon frère entouré d'ennemis,
Quand je le vois grossir la liste des proscrits,
Quand mon cœur est en proie aux plus vives allarmes,
Ai-je le libre choix des témoins de mes larmes ?
Je ne vois que mon frère et ses pressans dangers,
Et tous les autres soins pour moi sont étrangers....

    Mon trouble vous dit trop ce que de vous j'espère :
Je viens vous demander le salut de mon frère ;
Un meurtrier s'apprête à lui percer le sein ;
Vous pouvez le connoître, et détourner sa main.

PARIS, (<i>à part.</i>)

Ciel ! suis-je découvert ? Il faut payer d'audace.
   (<i>haut.</i>)
J'aime votre franchise, et je vous en rends grace.
Vous deviez cependant épargner à mon cœur
Un souvenir qui cause encore ma douleur :
Puis-je me rappeler sans honte et sans tristesse,
Le mépris accablant qui paya ma tendresse !...

    C'est assez sur ce point ; et l'amour malheureux,
Doit oublier les torts, quand il est généreux.
Mon cœur vole au devant des souhaits d'Henriette,
Et pour les seconder ma main est toute prête :
Mais d'un frère chéri si je suis défenseur,
Qui me désignera quel est son aggresseur ?

Vous avez prétendu que je puis le connoître ;
Le sang et l'amitié vous abusent peut-être !
Au conseil ténébreux de ses noirs ennemis ,
Avez-vous pu penser que Pâris soit admis ?
Ou plutôt voulez-vous , comme une ombre fidèle ,
Que je fasse pour lui constamment sentinelle ?
Ce seroit un moyen de m'approcher de vous :
Pâris ne peut , hélas ! former des vœux si doux !

HENRIETTE.

A des soins si marqués je n'ose pas prétendre ;
Mon langage est trompeur , s'il vous l'a fait entendre
Je vais m'expliquer mieux. Les aveugles destins
Peuvent placer Pâris parmi les assassins.
Avec ceux que la soif de se venger dévore ,
Vous vécutes long-tems , et vous vivez encore :
Si leurs complots affreux parvenaient jusqu'à vous ,
Vous pourriez mieux qu'un autre en prévenir les coups.

PARIS, (déconcerté.)

A part.   Haut.

Ma surprise s'accroit…. J'ai peine à vous comprendre ,
Bientôt nous cesserions de pouvoir nous entendre.
Permettez….

LAFFOND, (brusquement.)

Quand le sort d'un prince infortuné ,
Par des séditieux à la mort entraîné ,
Occupe avec douleur notre ame toute entière ,
Que peut nous importer le vain péril d'un frère ?

HENRIETTE, (avec fierté.)

Je les compare aussi ; mais c'est en rougissant.

Louis est criminel, mon frère est innocent :
Louis est un tyran, sans talent, sans courage,
Qui voulut des Français prolonger l'esclavage ;
Mon frère vertueux soutient avec fierté
Les droits sacrés du peuple et de la liberté.
Quoi ! vous baissez les yeux d'après ce parallèle !
Sachez apprécier l'objet de votre zèle......
Mais mon frère paroît.

SCENE III.
LES PRÉCÉDENS, FABRE, LE PELLETIER.

LE PELLETIER.

Vive la liberté !
Son règne pour toujours vient d'être cimenté.

FABRE.

Vive la liberté ! vive la république !
Pour elle quel succès ! ô journée héroïque !

LE PELLETIER.

Bénissons à jamais ce décret fortuné.
Sans retour au trépas Louis est condamné.
Pour les cœurs vertueux quelle heureuse victoire !
Pour tes réprésentans, ô France ! quelle gloire !
Pour nos neveux, nos fils, quelle félicité !
Mort à tous les tyrans ! vive la liberté !

PARIS, (à part.)

D'un triomphe cruel leur ame est énivrée ;
Mais il ne sera pas d'une longue durée.

LE PELLETIER, *(appercevant Pâris.)*

Quoi ! Pâris en ces lieux ! ô ciel ! quel spectateur
Des transports de notre ame et de notre bonheur !
Je n'ai pas oublié que souple , que servile ,
Pâris devant la cour fut toujours un reptile.
Cette vile attitude , il l'a su conserver ;
L'ame basse jamais ne peut se relever.

PARIS.

De mes opinions le temps n'est pas le maître.
Aux tiennes de quel droit voudrais-tu me soumettre ?
Quels sont donc ces mortels follement orgueilleux ,
Se disant nos égaux , et s'égalant aux dieux ?
Nous saurons si , comme eux , ils sont invulnérables ...

LAFFOND, *(à Pâris, à part.)*

Dissimule ; tes coups sont-ils inévitables ?

PARIS.

Je ne sais où j'en suis, Ma fureur ....

LAFFOND, *(toujours à part.)*

Doit choisir
Un instant plus propice et plus sûr pour punir.

FABRE.

Du peuple et de ses droits trop lâches adversaires ,
Séditieux plus vils encor que téméraires ,
Le peuple a reconnu quels sont ses défenseurs ;
Ce jour a dévoilé tous les replis des cœurs.
Disparoissez ; allez grossir la tourbe immonde
Qui vote pour les rois et le malheur du monde.
Pour nous .....

PARIS.

Oui, c'en est trop ; il faut quitter ces lieux.
Je me possède à peine..... égaré, furieux.....
(*Laffond l'entraine ; ils sortent.*)

SCENE IV.

LE PELLETIER, FABRE, HENRIETTE.

HENRIETTE.

Tout augmente l'effroi de mon ame timide ;
Tout sert à décéler leur fureur homicide.
Avez-vous remarqué leurs gestes menaçans ?

FABRE.

D'obscurs conspirateurs murmures impuissans!
Je ne les entends plus, et Fabre les oublie.

LE PELLETIER.

Qu'à de plus doux pensers notre ame se rallie.
Amis, la république enfin a triomphé ;
Du royalisme impur le monstre est étouffé ;
On va tarir le sang de sa dernière veine.
Plus le sort a tenu la victoire incertaine,
Plus nous devons sentir et chérir nos succès.
Vive la république ! honneur au nom français !

FABRE.

Que j'ai souffert ! pendant cette lutte pénible,
Mon cœur a supporté le poids le plus horrible.
Cette succession de suffrages divers
Paroissait balancer le sort de l'univers.

Les lâches déserteurs de la cause publique,
Noirs enfans de l'astuce et de la politique,
Combattaient contre nous en nombre presqu'égal ;
Le rival tour-à-tour renversait son rival.
Tantôt nous l'emportions, tantôt nos adversaires,
Au gré de leurs souhaits, comptaient des vœux contraires,
O Français ! c'est ainsi que luttait devant vous,
La cause d'un mortel contre celle de tous,
Quand la majorité si long-temps suspendue,
Fixant enfin du sort la marche irrésolue,
Foudroyant et Louis , et tous ses partisans,
A prononcé sa mort et celle des tyrans.
Ce juste arrêt, le ciel l'a consacré lui-même ;
Nous avons proclamé sa volonté suprême :
Le Français sera libre, il l'exécutera,
Et le dernier tyran sous ses coups périra.

LE PELLETIER.

Peuples, qui contemplez les Français, leur courage,
Ils ne demandent pas de vous un vain hommage ;
C'est en les imitant qu'il faut les admirer ;
Un bandeau vous aveugle, il faut le déchirer:
Vous êtes à genoux devant une couronne ;
Il faut vous relever, l'égalité l'ordonne.
Fuyez, rois, majestés, mannequins orgueilleux ;
Fuyez, le peuple en masse est seul majestueux.
Ils ne m'entendent pas. La stupeur, l'ignorance,
La superstition prolongent leur enfance ;
Ils sommeillent au bruit de fers nés avec eux,
Et l'ombre de la mort plaît à leurs faibles yeux.

FABRE.

L'exemple d'un grand peuple entraînera les autres.
Tu parles de leurs fers ; rappelle-toi les nôtres.
A tous les jougs divers à la fois condamnés,
Ah! combien fortement nous étions enchaînés !
Il falloit acheter cet air que je respire ;
Qui pouvoit faire un pas sans trouver un vampire,
Ou les rêts féodaux de prétendus seigneurs,
Ou l'inquisition de prêtres imposteurs ?
La lumière a percé l'épaisseur des ténèbres ;
Un jour pur s'est levé sur des siècles funèbres ;
Les seigneurs sont vaincus, les prêtres à genoux,
Et tous les oppresseurs sont courbés devant nous.
La liberté des Francs devient celle du monde ;
Rien ne peut l'arrêter dans sa course féconde ;
Et les peuples bientôt se donnant tous la main,
Les rois ne pourront plus compter de lendemain.

LE PELLETIER.

Ma sœur, goûte avec nous cette douce espérance ;
Dans la haîne des rois place ta jouissance ;
Que tout intérêt cède à ce grand intérêt :
Quand on hait les tyrans, le cœur est satisfait.
Sache monter le tien à cet effort suprême ;
Qu'il impose silence à ton amitié même.
Pour nous, allons jouir d'un spectacle charmant,
Celui d'un peuple libre, heureux et triomphant,
Avec un juste orgueil contempler notre ouvrage,
Et recueillir le prix que l'on doit au courage.
Cours embrasser ma fille, et sur la fin du jour,

Lorsque

Lorsque les soins publics permettront mon retour,
Rempli d'impatience, appelé par la vôtre,
Je viendrai dans mes bras vous presser l'une et l'autre.
Adieu.... Mais elle accourt.... Je ne puis résister
Au plaisir de la voir. (*A Fabre*) Laisse-le moi goûter

SCÈNE V.

LES PRÉCÉDENS, JOSEPHINE.

FABRE , *pendant que Le Pelletier court embrasser*
sa fille.

Ce n'est pas devant moi que ton cœur doit se taire,
Le ciel ne m'a-t-il pas donné le cœur d'un père ?

LE PELLETIER.

De ses bras enfantins je ne puis m'arracher !

JOSEPHINE.

Que tes bontés, mon père, ont droit de me toucher !
Eh ! bien, il faut chasser une peur chimérique,
J'entens de tous côtés : Vive la République !
Les assassins gagés ont épargné tes jours ;
Et le cœur d'Henriette.....

HENRIETTE.

Il tremblera toujours.

LE PELLETIER.

Je n'ai plus de pouvoir sur son cœur indocile.

HENRIETTE.

Ce n'est qu'en te voyant qu'il peut être tranquille.

E

JOSEPHINE,

Ce n'est qu'alors aussi que le mien est content.

LE PELLETIER.

Si l'on peut s'amollir, c'est en vous écoutant
Je sens qu'auprès de vous en effet je m'oublie;
Je reprens mon courage au nom de la patrie.
Cédez à ses accens, et sachez m'imiter ....
Mais d'où vient qu'aujourd'hui je ne puis les quitter ?
Quel est donc cet attrait qui près d'elles m'arrête,
Et me fait regretter cette douce retraite ?

JOSEPHINE.

Mon père!....

HENRIETTE.

C'est qu'ici tous les cœurs sont à toi,
Et qu'ailleurs....

LE PELLETIER.

De ces lieux, ô Fabre, arrache-moi,
Adieu..... Viens.

JOSEPHINE.

Il nous quitte....

FABRE.

Il va bientôt vous rendre
Le père le plus doux et l'ami le plus tendre.

SCENE VI.

HENRIETTE, JOSÉPHINE.

JOSEPHINE.

Il est un moyen sûr de calmer nos douleurs.
Le peuple a bien long-tems gémi, versé des pleurs.

Viens jouir avec lui des fruits de sa victoire.
Quelle gaîté l'inspire au milieu de sa gloire!
Quel prix on le voit mettre à la chûte des rois!
Imitons-le : A la sienne allons unir nos voix;
Allons, nous confondant dans un concert unique,
Chanter la liberté, chanter la république!

HENRIETTE *à part.*

De mes pressentimens épargnons-lui l'horreur.
(*Haut.*)
Je cède avec transport aux desirs de ton cœur ;
Viens, précieux enfant, chassons des craintes vaines:
Quand le peuple est heureux, qui peut sentir des peines?

Fin du second acte.

ACTE III.

SCÈNE PREMIÈRE.

PARIS *seul.*

Enfin voici l'instant propice à la vengeance ;
Mais, prêt à le saisir, j'hésite, je balance....
Pourrais-je encor prétendre à la main de sa sœur ?
Pâris l'obtiendrait-il des mains de la terreur ?
Insensé ! quand son cœur se montrerait sensible,
Son frère offre toujours un obstacle invincible ;
Et mes feux de nouveau se voyant outrager,
Que me resterait-il ? deux affronts à venger !
 Ecartons de l'amour la décevante ivresse,
Et demeurons vainqueurs d'une indigne faiblesse.
Cause des rois ! PARIS ne saurait te trahir ;
Son cœur ne peut aimer, il ne peut que haïr.
Tu vas être vengé, LOUIS, ma main est prête.
Mais je vois, à pas lents, s'avancer Henriette.....
Hâtons-nous d'échapper au pouvoir de ses yeux,
Dont les pleurs vont ternir l'éclat trop dangereux.

SCÈNE II.

HENRIETTE, *seule.*

Pour un cœur qui craint tout, quelle affreuse lumière !
C'est l'odieux Pâris qui menace mon frère ;

C'était son meurtrier que j'invoquais pour lui ;
En lui, contre ses coups, je cherchais un appui.
J'ai reconnu sa main dans ce billet coupable
Qu'a tracé sa fureur, sa vengeance implacable.
Devant ce monstre, ô ciel, dans ma simplicité,
Je mettais quelqu'orgueil à vaincre ma fierté.
Le barbare m'a vue à ses pieds, suppliante,
Sur le sort de mon frère interdite et tremblante !
Exercé dans le crime, et maître de son cœur,
Il a, sans s'émouvoir, joui de ma douleur ;
Que dis-je ! plus le mien lui peignait ses alarmes,
Et plus de la vengeance il savourait les charmes !
Mon chagrin n'est-il point, hélas ! assez profond,
Sans voir encor la honte imprimée à mon front !.....
Mon frère ne vient point ; et mon impatience
Se mêle avec l'horreur de la nuit qui s'avance.
O nuit ! si quelquefois tes bienfaisans pavots
Consolent l'infortune et suspendent nos maux ;
Si le sage, au milieu d'une paix plus profonde,
T'emploie à méditer pour le bonheur du monde ;
Le crime s'enhardit par ton obscurité !
Il t'a dû si souvent, l'affreuse impunité !
Tu tends aux assassins une main protectrice,
Et des plus noirs forfaits ton ombre est la complice !....
Il ne vient point, hélas ! Combien chaque moment,
Dans sa course trop lente, ajoute à mon tourment !
Elle est déjà bien loin, cette heure fortunée,
Où s'arrachant enfin aux soins de la journée,
Il vient ici goûter un repos innocent !.....

Par-tout mon œil troublé voit un fer menaçant;
J'entends de tous côtés percer des cris funèbres ....:.
Noirs phantômes créés par l'horreur des ténèbres,
Cessez de m'accabler du poids de la terreur :
N'ai-je donc pas assez des tourmens de mon cœur ?
Je veille, et Joséphine au repos s'est livrée.
Le repos! Comme moi de craintes dévorée,
Pourrait-elle?.... Essayons d'adoucir son ennui :
Moi, faible, il faut encor que je sois son appui.

(*Elle rentre.*)

SCÈNE III.

FABRE, *seul.*

O crime affreux! La main d'un horrible sicaire,
Du sang de mon ami vient de tremper la terre!
Le Pelletier succombe, et la patrie en pleurs,
Cesse de le compter parmi ses défenseurs !
Je viens porter ici le deuil et l'épouvante.....
O toi! de mon ami, moins la sœur que l'amante,
Tendre Henriette, qui d'un noir pressentiment,
Ne pouvais de ton cœur repousser le tourment,
Quel spectacle effrayant va s'offrir à ta vue !
Quel sera le soutien de ton ame éperdue,
Quand un frère mourant va paraître en ces lieux,
Pour donner, recevoir les plus tristes adieux !
Est-ce à moi d'annoncer cet attentat funeste,
Et d'épuiser ainsi la force qui me reste?

Le fer, ô mon ami ! qui t'a percé le cœur,
Faut-il l'en arracher, pour en frapper ta sœur ?....
Oui, tout m'impose, hélas! ce fatal ministère.
La main de l'amitié sera moins meurtrière ;
Sa voix pourra calmer son affreux désespoir....
Allons, préparons-nous à ce dernier devoir.
Elle paraît.....

SCÈNE IV.

FABRE, HENRIETTE.

HENRIETTE.

Quoi! seul?.... quelle cause diffère,
Parlez, vous, son ami, le retour de mon frère?
Sentez toute ma peine, et faites-la cesser.

FABRE.

Infortunée !

HENRIETTE.

Eh, bien!....

FABRE.

Craignez de me presser. ....

HENRIETTE.

Juste ciel, je t'implore ! A quoi faut-il m'attendre?

FABRE.

J'en ai trop dit, hélas! pour ne pas vous apprendre
Jusqu'où le sort fatal a pu vous opprimer.
Cette terreur, qu'en vain nous tâchions de calmer,
Dont les cris importuns vous poursuivaient sans cesse,

Que, dans notre fierté, nous appellions faiblesse,
Peignait des maux trop vrais à vos sens effrayés:
Ils égalent, hélas! ce que vous prévoyiez.
Jamais on n'a plus loin porté l'excés du crime,
Et jamais la douleur ne fut plus légitime.
Nous sommes condamnés à d'éternels regrets;
Ils seront partagés par le peuple français.....

*(Henriette est tombée dans un
fauteuil sans connaissance.)*

Elle ne m'entend plus; la douleur l'a saisie. . . .
Il est quelque courage à supporter la vie;

(Il va près d'elle.)

Il l'abandonne, hélas!.... Henriette! vivez:
Des devoirs, à vos soins, sont encor réservés.
Je vivrai, ses amis vivront pour sa vengeance;
Vous, vivez pour sa fille et pour sa tendre enfance.
Laisseriez-vous, hélas! ce rejeton sacré,
Qu'en vos mains désormais place un frère adoré?
Joséphine! . . . .

H E N R I E T T E, *revenant à elle.*

Ce nom me rend à la lumière.
O malheureux enfant! tu n'as donc plus de père!
De féroces bourreaux t'en privent pour jamais!
Barbares! étendez jusqu'à moi vos forfaits;
Le sang de Pelletier coule aussi dans mes veines;
Approchez, je me livre à vos mains inhumaines!
Nommez-moi l'assassin, je tombe à ses genoux,
J'invoque le trépas, et je bénis ses coups. . . . .

Les cruels ! ils ont joint l'effet à la menace !
Cet horrible succès va combler leur audace ;
Ils viennent de frayer le funeste chemin
Que montrera la haine à plus d'un assassin.
Si, docile aux conseils d'une femme timide. . . . .
Trop vain retour, hélas !. . . . Sous les coups d'un perfide
Il a dû succomber. . . . . Mais vous, mais ses amis,
Comment vos tendres soins se sont-ils vus trahis ?
Pourquoi s'est-il trouvé surpris et sans défense ?

FABRE.

Ne connaissez-vous pas les traits de la vengeance ?
Ils égalent l'éclair dans sa rapidité.
Avant d'être prévu, le coup était porté ;
Et l'infâme Pâris jouissait de son crime,
Qu'on ignorait encor quelle était sa victime.
Sur le déclin d'un jour célèbre. . . . . et malheureux,
J'allais vous ramener un frère précieux,
Quand un de mes amis m'appelle et m'en sépare ;
Cet instant est saisi par l'assassin barbare :
« Accompagne le Roi dans l'éternelle nuit. »
Il le joint à ces mots, le poignarde et s'enfuit.
Le cri des spectateurs près de lui me rappelle :
J'accours. Pour l'amitié quelle atteinte mortelle !
De son flanc entr'ouvert, son sang, à flots pressés
S'échappe avec sa vie. . . . .

HENRIETTE.

O ciel ! en est-ce assez ?

FABRE.

Il me voit : "Je n'ai plus que peu d'instans à vivre,

„ Me dit-il, vers les miens vole, je vais t'y suivre;

„ A mes derniers momens vas, cours les préparer:

„ C'est dans leurs bras, ami , que je veux expirer. „

HENRIETTE.

C'en est donc fait, ô ciel! et sa mort est certaine!

Et moi , je traînerai long-tems encor ma chaîne!

Je coulerai des jours par la douleur flétris!

L'existence est , hélas! trop affreuse à ce prix!

Je vais mêler mon sang à celui de mon frère;

Conduisez-moi : ma main va fermer sa paupière;

Et dirigeant sur moi des coups précipités,

Terminer des tourmens trop long-temps supportés....

FABRE.

Vous oubliez sitôt le destin de sa fille?

Maintenant en vous seule est toute sa famille;

Vous seule lui restez; vous lui devez vos jours :

Pourriez-vous la priver de ce dernier secours?

SCENE V.

FABRE, HENRIETTE, JOSEPHINE.

JOSEPHINE.

Le sommeil fuit mes yeux, et mon ame inquiète....

Mais, juste ciel! que vois-je? ô ma chère Henriette!

Que vas-tu m'annoncer? que présagent tes pleurs?

FABRE, (à part.)

Quel tableau déchirant!

HENRIETTE.

Le comble des malheurs.

Le féroce Pâris vient d'immoler ton père.

JOSEPHINE.

O Dieu ! je n'ai donc plus de soutien sur la terre !
Mon père !... il m'est ravi.... je succombe....

(Elle tombe dans les bras d'Henriette.)

FABRE.

O douleur !

O pitié ! laisse encor quelque force à mon cœur !...
L'infortuné s'approche....

HENRIETTE.

O victime trop chère !...
Pour la dernière fois viens embrasser ton père.

JOSEPHINE.

Si la cruelle mort doit frapper aujourd'hui,
Sauvez mon père, ô Dieu ! que je meure pour lui !

SCENE VI et dernière.

Les précédens, LE PELLETIER *porté sur un brancard,*
ARISTE, *Citoyens, Citoyennes.*

LE PELLETIER.

O vous, hélas ! pour qui j'aurais chéri la vie,
Je vous revois encor ; ciel ! je te remercie :
Prête à ma faible voix un ton consolateur,
Qui puisse pénétrer jusqu'au fond de leur cœur.

O ma fille !... ô ma sœur !... que vós larmes brûlantes
N'aigrissent point, hélas ! mes blessures sanglantes.
Le fer des assassins me conduit au trépas ;
Mais vous me chérissez, et je meurs dans vos bras ;
Mais à la liberté je fus toujours fidéle ;
Je vécus pour l'aimer, et vais mourir pour elle.

    Le remords n'atteint pas un cœur tel que le mien.
Je voulus constamment et fortement le bien.
Si jamais dans ce cœur la haine fut nourrie,
Ce fut contre les rois, contre la tyrannie.

    HENRIETTE, (*fondant en pleurs, aussi bien que*
                  Josephine.)

Les rois sont tes bourreaux ; même aprés leur trépas ;
D'un assassin féroce ils ont armé le bras !...

        LE PELLETIER.

Je me sens affoiblir ; mes forces m'abandonnent,
Et déjà de la mort les ombres m'environnent....

    De la cause du peuple ennemis impuissans,
Venez me contempler dans ces derniers instans :
Vos mains teintes de sang ont pu m'ôter la vie ;
La gloire qui m'attend ne peut m'être ravie.'
Mon courage vous brave en tombant sous vos coups ;
Le trépas est pour moi, mais le crime est pour vous.
Je meurs indépendant, je meurs pour la patrie ;
Vous, esclaves des rois, vivez pour l'infamie.

    Et vous, républicains, vous de qui les regrets,
Autour de mon tombeau, préparent des cyprès,
Auprés de votre ami, venez, venez apprendre
Combien, pour la patrie, il est doux d'y descendre !

J'ai rempli mon devoir ; je lègue avec fierté
Mon nom et mes vertus à la postérité.
Sa sévère équité prendra soin de ma gloire ;
Et si l'ami des rois , attaquant ma mémoire,
Tentoit de la couvrir d'un voile mensonger,
La voix de l'homme libre osera me venger.
   Le jour va m'échapper . . . . je le sens . . . . ô patrie!
O liberté ! reçois l'offrande de ma vie.

F A B R E.

Il ne meurt pas ; il vole à l'immortalité.
Le trépas des héros fonde la liberté.

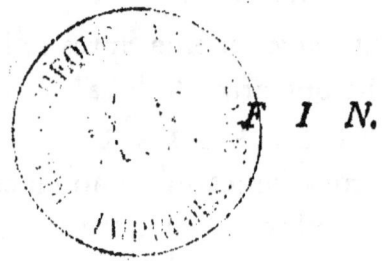

F I N.

De l'Imprimerie de SOBRY, rue du Bacq, N°. 142.

www.ingramcontent.com/pod-product-compliance
Lightning Source LLC
Chambersburg PA
CBHW061645180626
46818CB00003B/972